Disney PRINCESS

ディズニープリンセス
ビギナーズ

ジャスミンの
新《あたら》しいお友《とも》だち

文／スザンヌ・フランシス

講談社

おまえは、いつだって、
おまえらしくあってほしい。
かしこくて、
だれにでもやさしい、
そして強《つよ》い心《こころ》をもった、
わしのかわいい
プリンセスらしくな。

You must always be yourself.
Your beautiful.strong.kind.smart.
Princess Jasmine self.

『アラジン』の物語《ものがたり》を
知《し》っていますか?

アグラバー王国《おうこく》のプリンセス、ジャスミンは、
宮殿《きゅうでん》の外《そと》へ出《で》たことがありません。
友《とも》だちは、ペットのトラのラジャーだけです。

そんなある日《ひ》、ジャスミンは
アラジンというわかものに出会《であ》います。
アラジンといっしょに、

まほうのじゅうたんにのって、
ジャスミンは生《う》まれて初《はじ》めて
新《あたら》しい世界《せかい》を知《し》るのでした。

この本《ほん》は、ジャスミンが
アラジンと出会《であ》うよりもずっと前《まえ》、
ジャスミンが、まだ宮殿《きゅうでん》のなかしか知《し》らない、
小《ちい》さなプリンセスだったころの物語《ものがたり》です。

もくじ

1 へいのむこう

ジャスミンは、勉強部屋《べんきょうべや》のまどから、外《そと》を見《み》おろしました。

お日《ひ》さまの光《ひかり》が、宮殿《きゅうでん》の地面《じめん》に、キラキラとふりそそいでいます。

（ああ、外《そと》へ出《で》て、思《おも》いっきり遊《あそ》びたい！）

ジャスミンの目《め》は、まどの外《そと》にくぎづけです。

二羽《わ》のハトが、ふんすいで水《みず》あびをしています。

中庭《なかにわ》では、トラの子《こ》どもがねそべっています。
ジャスミンのペットで友《とも》だちの、ラジャーです。
(ああ、ラジャー。あなたと外《そと》で遊《あそ》べたらいいのに!
そしていっしょに、かくれんぼをするのよ……。)
ジャスミンが楽《たの》しく思《おも》いえがいていたそのとき、お
こった声《こえ》がするどく耳《みみ》にとびこんできました。
「ジャスミンひめ、よそ見《み》はだめですよ!」
かていきょうしの、レイラ先生《せんせい》です。
ジャスミンはあわてて、目《め》をつくえにもどしました。
「ジャスミンひめ、いまは勉強《べんきょう》の時間《じかん》です。外《そと》を見《み》てぼ

んやりする時間《じかん》ではありません。」

「だって、外《そと》はあんなにいいお天気《てんき》なんだもの。」

ジャスミンは口《くち》をとがらせますが、それできいてくれる先生《せんせい》ではありません。

「まずは、決《き》められた勉強《べんきょう》を、きちんと終《お》わらせること。外《そと》へ出《で》るのは、そのあとです。」

ジャスミンは、しぶしぶペンを手《て》にとりました。

きょうの午前《ごぜん》の勉強《べんきょう》は、書《か》きとりです。ジャスミンはいっしょうけんめい、文章《ぶんしょう》を書《か》きうつします。

(ああ、もう！ 文字《もじ》って、なんでこんなに、こみいっているのかしら？）

もし一文字《ひともじ》でもまちがえていたら、レイラ先生《せんせい》は「さいしょからやりなおし！」というにちがいありません。

ジャスミンはどうにかこうにか書《か》きおえて、レイラ先《せん》生《せい》に見《み》せました。

「よくできました、ジャスミンひめ。午後《ごご》は、読《よ》みかたの勉強《べんきょう》からです。それまでは、休《きゅう》けいしてよろしい。」

やったあ！　ジャスミンは、ぴょんととびはねてから、プリンセスらしくおじぎをしました。

「ありがとうございます、レイラ先生《せんせい》！」

これでやっと、外《そと》へ遊《あそ》びに行《い》ける！

ジャスミンは部屋《へや》をとびだして、かいだんをかけおり、宮殿《きゅうでん》のとびらをあけました。

ラジャーが大《おお》よろこびで、ジャスミンにかけよってきます。

「ラジャー、お待《ま》たせ！　さあ、行《い》くわよ！」

ジャスミンが、バラのさく庭《にわ》へと、かけだします。

ラジャーと、ぬいたり、ぬかれたりしながら、美《うつく》しいバラのアーチまでたどりつきました。

このバラの庭《にわ》は、ジャスミンのお気《き》にいりです。

ジャスミンは、クリーム色《いろ》のバラの花《はな》に顔《かお》をよせて、深《ふか》く息《いき》をすいこみました。

「うーん、なんていいかおりなのかしら！」

ラジャーもうれしそうに、すりよってきます。

「ラジャー、かくれんぼしましょう！　やりかたはおぼえてる？　わたしが十数《かぞ》えるあいだに、あなたはかくれるのよ。いい？　いーち、にーい、さーん……。」

ジャスミンは、両手《りょうて》で目《め》をかくして、数《かぞ》えます。

「……はーち、きゅーう、じゅう！」

さあ、ラジャーは、どこ？

ジャスミンが両手《りょうて》をはずすと、ラジャーは、ピンクのバラのしげみのかげで、毛《け》づくろいをしていました。

（まあ、あれでかくれているつもりなのね！）

ジャスミンはわらって、かけよります。

「いい子《こ》ね、ラジャー！　だんだんじょうずになっているわよ！」

そのとき、わらい声《ごえ》がきこえてきました。

あたりを見《み》まわすと、声《こえ》は、バラのしげみのそばにある、高《たか》いへいのむこうからきこえてくるようです。

（子《こ》どもの声《こえ》だわ。何人《なんにん》かで、走《はし》りまわって遊《あそ》んでいるみたい。)

ジャスミンは、ぴょんぴょんとびあがって、へいのむこうをのぞこうとしました。

でも、へいは高《たか》すぎて、とてもとどきません。

ジャスミンはすわりこんで、へいにもたれかかりました。わらい声《ごえ》が、楽《たの》しげにあたりにひびいています。

(ああ、このへいをとびこえて、あの子《こ》たちといっしょに遊《あそ》べたらいいのに!)

ジャスミンが目《め》をとじて、うっとりとそうぞうしていると——。

「ジャスミンひめ！」

急《きゅう》に遠《とお》くからよばれて、ジャスミンは、ぱっちり目《め》をあけました。レイラ先生《せんせい》です。

「いったい、なぜそんなふうに地《じ》べたにすわりこんでいるのですか！　おめしものが、よごれてしまいます！」

立《た》ち上《あ》がると、ジャスミンのあわい水色《みずいろ》の服《ふく》には、どろがついています。

「わらい声《ごえ》をきいていたん

です。へいのむこうから、きこえるでしょう？　わたしもみんなと、遊《あそ》びたいなあって……。」

けれど、レイラ先生《せんせい》は、ジャスミンのどろをはらいながら、きっぱりといいました。

「ジャスミンひめ。あなたは、宮殿《きゅうでん》から出《で》ることはなりません。それに、王族《おうぞく》のお子《こ》さま以外《いがい》とは、遊《あそ》んではなりません。」

ジャスミンは、口《くち》をつぐみました。

その決《き》まりは、ジャスミンだってよく知《し》っています。

でも、そんな決《き》まり、ジャスミンはすこしも好《す》きでははありません。

ラジャーがジャスミンを見《み》あげて、鼻《はな》をすりよせました。ジャスミンは、ラジャーの首《くび》もとを、やさしくなでてやります。

「ジャスミンひめ、さあ、行《い》きましょう。お茶《ちゃ》の時間《じかん》です。あなたのお父《とう》さまが、お待《ま》ちですよ。」

レイラ先生《せんせい》は、さっさと歩《ある》きだします。

ジャスミンは、ラジャーといっしょに、とぼとぼと宮《きゅう》殿《でん》へむかいました。

rule《ルール》

プリンセスのジャスミンには、たくさんのきびしい決《き》まりがあるようです。決《き》まりのことを、英語《えいご》でrule《ルール》といいます。かくれんぼではじめに10数《かぞ》える、なんていう遊《あそ》びの決《き》まりもrule《ルール》だし、赤信号《あかしんごう》では止《と》まる、といった交通《こうつう》の決《き》まりもrule《ルール》です。

決《き》まりは、大切《たいせつ》なもの。でもジャスミンには、きゅうくつなものもあるみたいですね。

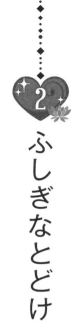

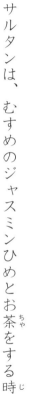

2 ふしぎなとどけもの

「おお、わしのかわいいジャスミンや！　ごきげんはいかがかな？」

お茶《ちゃ》の間《ま》のごうかなテーブルのむこうで、サルタンがにこにことジャスミンを手《て》まねきしています。

「サルタン」とは、ジャスミンの国《くに》、アグラバーのことばで、「王《おう》さま」という意味《いみ》です。

サルタンは、むすめのジャスミンひめとお茶《ちゃ》をする時《じ》間《かん》が、なにより大好《だいす》きなのです。

テーブルには、いいかおりのするお茶《ちゃ》、みずみずしいくだもの、それにおいしそうな焼《や》きがしが、たっぷりとならべられています。

じぶんのお茶《ちゃ》がカップにそそがれるあいだ、ジャスミンは先《さき》ほどあったことをサルタンに話《はな》しました。

「お父《とう》さま、へいのむこうから、とっても楽《たの》しそうなわらい声《ごえ》がきこえてきたの。

わたしもあの子《こ》たちといっしょに遊《あそ》べたら、どんなに楽《たの》しいかしらって思《おも》うのだけど。」

ジャスミンは、ちらりとサルタンに目《め》をやります。

でも、サルタンの返事《へんじ》は、いつものとおりです。

「ジャスミン。おまえは一国《いっこく》のひめなのじゃよ。宮殿《きゅうでん》の外《そと》へ出《で》ることは、まかりならん。」

（ああ、やっぱり……。）

ジャスミンは心《こころ》のなかで思《おも》いましたが、それでもあきらめきれません。

「ええ、わかっているわ、お父《とう》さま。それなら、みんなを宮殿《きゅうでん》のなかへ入《い》れれば――。」

「ジャスミン。」

サルタンがジャスミンのことばをさえぎりました。

「決《き》まりは、決《き》まり。この話《はなし》は、もう終《お》わりじゃ。」

それだけいうと、サルタンは、いちじくのつまったパイをもぐもぐとほおばります。

(やっぱり、だめね……。)

ジャスミンはため息《いき》をついて、スパイスのきいたお茶《ちゃ》をすすりました。

そこへ、サルタンのちゅうじつなめしつかいのアルマンドが、小《こ》づつみをもって入《はい》ってきました。

「サルタンに、おとどけものです。」

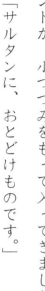

そういって、サルタンにうやうやしくつつみをさしだします。

「とどけもの、とな。いったい、なんじゃ？」

「すぐにおあけになってはいかがでしょうか。ガジーさまからとどいたものです。」

ガジーという名《な》まえをきいて、サルタンは身《み》をのりだしました。

「なに、ガジーから？　それはすぐにあけねば。ごくろうであった、アルマンド。」

アルマンドはにっこりとわらって、さがりました。

（ガジーさまって、お父《とう》さまが子《こ》どものころからの親友《しんゆう》の王《おう》さまだわ。）

ジャスミンがちょくせつ会《あ》ったのは、もうずいぶん前《まえ》でしたが、サルタンからはよく話《はなし》をきいていました。

まだ小《ちい》さい少年《しょうねん》だったサルタンとガジーさまが、いろんなぼうけんをする話《はなし》を、ジャスミンはなんどもおねだりして、きかせてもらっていたのです。

サルタンは、待《ま》ちきれないとでもいうように、つつみをびりびりやぶきました。

「お父《とう》さま、なかみはなに？」

ジャスミンが見守《みまも》るなか、サルタンがとりだしたものは、四角《しかく》い、平《ひら》たい板《いた》でした。こい茶色《ちゃいろ》の木《き》と、うすい茶色《ちゃいろ》の木《き》が、つぎはぎもようになっています。

「これは、なんであろうな？」

サルタンにも、わからないようです。

つつみには、もうひとつ、ビロードのふくろも入《はい》っていました。

あけてみると、きれいにけずられた石《いし》が、ころころと出《で》てきます。

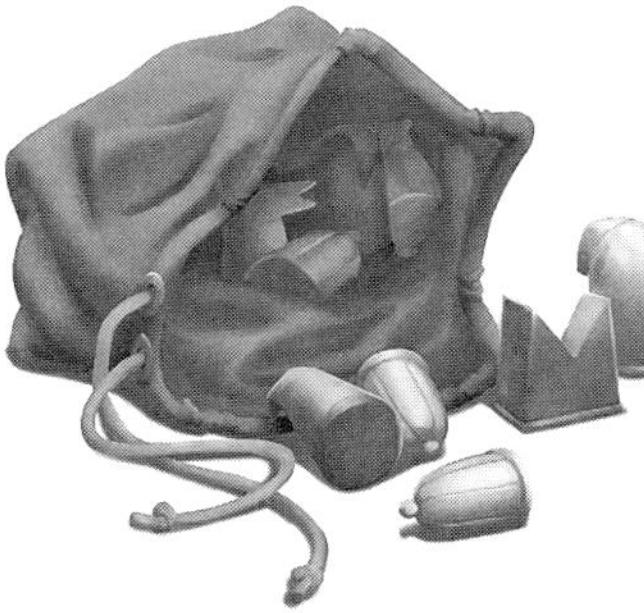

（半分《はんぶん》は、こい茶色《ちゃいろ》。半分《はんぶん》は、うすい茶色《ちゃいろ》。板《いた》のもようとおなじ色《いろ》だわ。）

サルタンが、ガジーさまからの手紙《てがみ》に目《め》を通《とお》します。

「なになに、これは、ゲームのようじゃよ。」

「ゲーム？」

サルタンが、うれしそうにわらいます。

「『チェス』というゲームだそうじゃ。ちかぢか、わが宮殿《きゅうでん》をたずねて、いっしょに『チェス』でたたかいたい、とな。ほっほっほ！」

サルタンはさっそく、板《いた》の上《うえ》に石《いし》のこまをならべて、チェスのルールを勉強《べんきょう》しはじめます。

「ガジーとは、とんと会《あ》っておらんからなあ！　子《こ》どものころは、よくいっしょにぼうけんしたものじゃ。」

ジャスミンは、サルタンのそばによって、おねだりします。

「おねがい、お父《とう》さま。お父《とう》さまとガジーさまの、ぼうけんのお話《はなし》をして！」

それをきいてサルタンは、ちゃめっけたっぷりに、にやりとわらいました。

「そうじゃな、どの話《はなし》をしようかな。」

それから、石《いし》のこまをおいて、玉座《ぎょくざ》にこしをおろしました。

「あるとき、わしとガジーは、馬《うま》にのって、さばくまで出《で》かけた。ガジーのお父上《ちちうえ》の宮殿《きゅうでん》のまわりにあった、さばくじゃ。」

ジャスミンは、ひとこともききのがさないよう、玉座《ぎょくざ》のひじかけにもたれて、耳《みみ》をそばだてます。

「ところがその日《ひ》は、これまでにないくらい遠《とお》くまで馬《うま》を走《はし》らせてしまったんじゃ。

そろそろ引《ひ》きかえそうとしたとき……、高《たか》くそびえた

つ、古《ふる》い石《いし》のとうを見《み》つけたんじゃよ。

わしとガジーは、馬《うま》からおりて、そのふしぎなとうのなかに入《はい》ってみた。なかのかべには、むかしむかしの絵《え》文字《もじ》が、えがかれていた。

そして、そのさらにおくに、小《ちい》さな、古《ふる》いはこがかくされていたんじゃ。」

「はこのなかには、なにが入《はい》っていたの？」

ジャスミンは、知《し》りたくてうずうずして、ひじかけから大《おお》きくのりだします。

サルタンが、にっこりほほえみかえしました。

「わしらはゆっくりと、はこのふたをあけた。はこは、まるで何千年《なんぜんねん》もしまっていたかのように、キィイーッと音《おと》をたてた。そのなかには――。」

サルタンは、目《め》を大《おお》きく見《み》ひらいて、ひとこきゅうおきました。

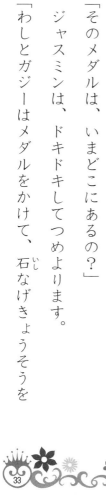

「そのなかには、ふしぎなあなのあいた、大《おお》きなメダルが入《はい》っておった。」

「そのメダルは、いまどこにあるの？」

ジャスミンは、ドキドキしてつめよります。

「わしとガジーはメダルをかけて、石《いし》なげきょうそうをした。ざんねんなことに、勝負《しょうぶ》はガジーが勝《か》ってな。ガジーが、じぶんの国《くに》へもって帰《かえ》ったんじゃ。

そのあとも、わしとガジーは、たくさんのぼうけんをしたものじゃ。」

ジャスミンは、むねに手《て》をあてて、ほうっとため息《いき》をつきました。

「本当《ほんとう》に、すごい話《はなし》ね！」

「そうじゃろう？」

サルタンはほほえんで、またチェスの道具《どうぐ》に目《め》をもどします。

「さあて、それではさっそく、このチェスとやらにちょうせんしてみよう。

これがわしらの、新《あたら》しいぼうけんってわけだな！」

サルタンはうきうきと両手《りょうて》をこすって、チェスの板《いた》にのこりのこまをならべはじめました。

ジャスミンも、わくわくとこまを手《て》にしたとたん……。

「ジャスミンひめ！」

レイラ先生《せんせい》のするどい声《こえ》が、ひびきました。

「勉強《べんきょう》の時間《じかん》ですよ。」

ジャスミンはがっかりして、こまをおきました。

それからあとは、いつもどおりです。

読《よ》みかたの勉強《べんきょう》をして、それから書《か》きとりの練習《れんしゅう》、それに算数《さんすう》の計算《けいさん》。夕《ゆう》ごはんを食《た》べて、おふろに入《はい》って、ベッドに入《はい》る。

決《き》まりきった、いつものながれです。

一日《いちにち》の終《お》わりに、ジャスミンは、ベッドのなかで、目《め》をとじました。

ねむろうとしましたが、お茶《ちゃ》の時間《じかん》にきいたサルタンのぼうけん話《ばなし》が耳《みみ》にのこって、なかなかねむれません。

（お友《とも》だちといっしょにぼうけんへ出《で》かけるなんて、なんてすてきなのかしら！

いつかわたしにもお友《とも》だちができて、そうしたら、いっしょに世界《せかい》じゅうへぼうけんに出《で》かけるのよ……。）

ジャスミンの心《こころ》が、まだ行《い》ったことのない世界《せかい》をゆめ見《み》て、はばたきます。

ラジャーがねむたげに、顔《かお》をよせてきました。

いつしかジャスミンも、ラジャーといっしょに、ぐっすりゆめのなかへ、とびたっていきました。

adventure《アドベンチャー》

　宮殿《きゅうでん》の外《そと》へ出《で》たことのないジャスミンにとって、ぼうけん（adventure《アドベンチャー》）はあこがれです。知《し》らない場所《ばしょ》へ行《い》くことだけが、ぼうけんではありません。サルタンのように、新《あたら》しいゲームにちょうせんすることも、ぼうけんです。ぼうけんにひつようなのは、新《あたら》しい世界《せかい》を知《し》りたい！　という強《つよ》い気持《きも》ち。あなたは、どんなぼうけんをしてみたいですか？

3 ジャスミンのねがいごと

つぎの朝《あさ》。

ジャスミンが食事《しょくじ》の間《ま》に行《い》くと、サルタンの前《まえ》に、チェスの板《いた》とこまがならんでいました。

「おはよう、かわいいジャスミンや。」

サルタンが、チェスばんから目《め》も上《あ》げずにいいます。

すっかりチェスにむちゅうになったサルタンは、ひとばんじゅうチェスのルールを勉強《べんきょう》していたようです。

「お父《とう》さま、どうやって遊《あそ》ぶか、わかった？」

きれいにならべられたこまを見《み》て、ジャスミンも朝《あさ》ごはんそっちのけです。

サルタンが、こまをひとつずつ指《ゆび》さして、せつめいします。

「いいかね、こまはひとつずつ、動《うご》かしかたに決《き》まりがある。それぞれのこまを、たがいに動《うご》かしていって、さいごに、あいての王《おう》（キング）のこまをとったほうが、勝《か》ちじゃ。」

動《うご》かしかたの決《き》まりは、なかなかややこしそうです。

「お父《とう》さま、とにかく遊《あそ》んでみましょう！　ルールをおぼえるには、それがいちばんはやいわ！」

「そのとおりじゃな！」

サルタンも、遊《あそ》びたくて、うずうずしていたのです。

ふたりは、さっそくチェスの勝負《しょうぶ》をはじめました。

やがて、レイラ先生《せんせい》がジャスミンをむかえにやってきましたが、サルタンが追《お》いかえしてしまいました。

「きょう、ひめは、チェスの勉強《べんきょう》をするのじゃ。」

ジャスミンは、とびあがりたい気持《きも》ちです。

きのうまでとは、なんてちがうのでしょう！

ジャスミンとサルタンは、すっかりチェスのとりこになり、午前中《ごぜんちゅう》があっというまにすぎました。

お昼《ひる》の時間《じかん》になりました。

ふたりとも大《おお》いそぎでごはんを食《た》べると、すぐさまチェスにもどりました。

さいしょのしあいでは、サルタンが勝《か》ちました。

「おねがい、お父《とう》さま。もう一回《かい》やりましょう！」

「もちろんだとも。」

サルタンも、にこにことうなずきます。

そのとき、ジャスミンの頭《あたま》に、ひとつ、考《かんが》えがひらめきました。

「ねえ、お父《とう》さま。もしつぎにわたしが勝《か》ったら、おねがいごとをきいてくれる？」

サルタンは、考《かんが》え考《かんが》え、あごひげをなでています。

「かけをしようというのじゃな。さてさて……。」

「まさか、お父《とう》さま、負《ま》けると思《おも》っているの？」

ジャスミンが、からかうようにのぞきこみます。

サルタンは、体《からだ》をゆすってわらいました。

「よろしい、ひとつだけきいてあげよう。ただし、むちゃなことや、あぶないことは、なしじゃよ。」

「ありがとう、お父《とう》さま！」

そこでふたりは、二回《かい》めのしあいをはじめました。

何時間《なんじかん》も、チェスばんをにらみ、こまを動《うご》かします。

こまをとったり、とられたり。

やがて、ジャスミンの女王《じょおう》（クイーン）のこまが、サルタンのこまにとられてしまいました。

（このままだと、負《ま》けちゃうわ！）

ジャスミンは頭《あたま》をひっしに使《つか》って、サルタンの女王《じょおう》のこまをとりました。

（もうひとおし、わたしの作戦《さくせん》が、お父《とう》さまにばれなければ……。）

チェックメイト！

ジャスミンは、ついに、サルタンの王《おう》のこまをとることができました。

「ほっほっほ。こりゃ、みごとにやられたわい！」

負《ま》けたというのに、サルタンはうれしそうです。

サルタンは、かしこくて、のみこみのはやいむすめのジャスミンが、なによりじまんなのです。

「ジャスミン、もうひと勝負《しょうぶ》じゃ！」

さっそくこまをならべようとするサルタンを、ジャスミンが止《と》めました。

「お父《とう》さま、やくそくよ。わたしのおねがいごとをきいてくれるんでしょう？」

サルタンは手《て》を止《と》めて、ジャスミンにほほえみます。

「そうじゃった、そうじゃった。ジャスミンや、のぞみはなにかな？」

ジャスミンは、手《て》をひざにのせて、サルタンにむかって、まっすぐすわりなおします。

「あのね、お父《とう》さま。わたし、お友《とも》だちがほしいの。」

サルタンが、目《め》を見《み》ひらきました。

「わたしがいつも遊《あそ》ぶのは、トラのラジャーとだけでしょう？　わたしと同《おな》い年《どし》くらいの、遊《あそ》びあいてがほしいの。」

「なるほど、なるほど。たしかにそうじゃな……。」

サルタンが、あごひげをなでながら、考《かんが》えています。

「おまえはもう長《なが》いこと、友《とも》だちがいなかったものな。よし、わかった、こうしよう。」

サルタンが、いすからのりだします。

「ガジーには、おまえとおなじ年《とし》ごろのむすこがいる。

たしか九さいで、名《な》まえはカヴじゃ。ガジーがわが王宮《おうきゅう》をおとずれるときに、いっしょに来《き》てもらうよう、手紙《てがみ》を出《だ》すとしよう。」

おなじ年《とし》ごろの男《おとこ》の子《こ》！

いっしょに遊《あそ》んだら、どんなに楽《たの》しいでしょう。

「ありがとう、お父《とう》さま！」

ジャスミンはいすからとびあがって、サルタンにだきつきました。

サルタンもまんぞくげに、むすめのせなかをポンポンとたたきます。

「だがその前《まえ》に、もうひとしあいじゃ！もっとうまくなって、ガジーが来《き》たときに、やつに勝《か》たねばならんからな。ただし、もうかけは、なしじゃよ。」
「もちろんよ、お父《とう》さま。」
ジャスミンとサルタ

ンは、いっしょにこまをならべました。

「さあ、お父《とう》さま。負《ま》ける用意《ようい》はできてる？」

先《さき》ほど勝《か》ったジャスミンが、えらそうにうでを組《く》みます。

それを見《み》て、サルタンは大《おお》わらい。

「こんどは、負《ま》けやせんぞ！」

そしてふたりは、つぎのしあいにとりかかりました。

4 待《ま》ちに待《ま》った日《ひ》

それから数週間《すうしゅうかん》、ジャスミンはずっとそわそわして、とてもおちつくことができません。

（ああ、カヴは、いつ来《く》るのかしら？）

料理長《りょうりちょう》が作《つく》ってくれる大好《だいす》きなアーモンドの焼《や》きがしも、いつものようにおいしく感《かん》じません。

宮殿《きゅうでん》でかっている馬《うま》たちにりんごを食《た》べさせることも、いつもならじぶんからよろこんでやるのに、どうしてか、つまらない仕事《しごと》のようです。

宮殿《きゅうでん》の池《いけ》に住《す》むきれいなピンク色《いろ》のフラミンゴたちが、魚《さかな》をじょうずにつかまえるのを見《み》ることだって、いつもとても楽《たの》しみにしていたのに、いまではたいくつに思《おも》えます。

いまジャスミンがむちゅうになれるものは、ただひとつ。それが、チェスです。

(ああ、もっともっと、強《つよ》くなりたい！)

ジャスミンも、そしてサルタンも、しあいをするたびにどんどんじょうずになって、しあいの時間《じかん》もどんどん長《なが》くなりました。

でも、サルタンが王《おう》さまの仕事《しごと》をしているあいだは、ジャスミンはまたひとりぼっちになります。

（カヴ、いつこちらに来《く》るのかしら……。）

ジャスミンは、新《あたら》しい友《とも》だちになるカヴに、はやく会《あ》いたくてたまりません。

（カヴは、どんなことが好《す》きかしら？　ふたりで遊《あそ》んだら、きっとすごく楽《たの》しいわ！

わたしたち、お父《とう》さまとガジーさまみたいに、ふたりでいろんなぼうけんをするの。

それから、わらいあって、おもしろいじょうだんをいいあったりするのよ……。）

ジャスミンは、前《まえ》に、庭《にわ》のへいのむこうからきこえてきた、子《こ》どもたちのわらい声《ごえ》を思《おも》いうかべました。

（そうよ、わたしとカヴは、あの子《こ》たちみたいに、とびっきりのなかよしになるの。

ああ、カヴ、はやく来《こ》ないかしら！）

そんなことを、来《く》る日《ひ》も来《く》る日《ひ》も考《かんが》えていた、ある朝《あさ》。

ジャスミンが、まだベッドのなかでうとうとしていると、まどの外《そと》から、何頭《なんとう》もの馬《うま》のひづめの音《おと》がきこえてきました。

それといっしょに、ガラガラ鳴《な》る馬車《ばしゃ》の車輪《しゃりん》の音《おと》も、ひびいてきます。

お客《きゃく》さまです！

ジャスミンはぴょんととびおきて、ねまきのまま、大《おお》いそぎでバルコニーにかけよりました。

そんなジャスミンに気《き》づいて、ラジャーが「なにかあったの？」というように、ぴょこぴょこついてきます。

手《て》すりから身《み》をのりだして、門《もん》のほうを見《み》おろすと、金色《きんいろ》にかがやくごうかな馬車《ばしゃ》から、せの高《たか》い男《おとこ》の人《ひと》と、それに男《おとこ》の子《こ》がひとり、おりてくるのが見《み》えました。

（ガジーさまと、それにあの男《おとこ》の子《こ》がカヴにちがいないわ！）

ジャスミンは部屋《へや》にもどって、大《おお》いそぎで着《き》がえ、ラジャーといっしょに、かいだんをかけおりました。

いたいた！

宮殿《きゅうでん》の入《い》り口《ぐち》の前《まえ》で、サルタンが、先《さき》ほど見《み》たせの高《たか》い男《おとこ》の人《ひと》と、かたをだいてよろこびあっています。

「よく来《き》てくれた、わが友《とも》ガジーよ！」

せの高《たか》い男《おとこ》の人《ひと》――ガジーさまが、にっこりとほほえみかえします。

「また会《あ》えてうれしいよ、親友《しんゆう》！」

すると、ガジーさまはジャスミンに気《き》づいて、あたたかな茶色《ちゃいろ》のひとみをむけました。

「もしかして、そちらのプリンセスは、ジャスミンひめかな？　前《まえ》に会《あ》ったときは、まだほんの、わたしのひざの高《たか》さだったというのに！」

ジャスミンは、ドキドキしながらも、プリンセスらしくおじぎをしました。

「ガジーさま、お会《あ》いできてうれしいです。」

ガジーさまはほほえむと、となりにいた男《おとこ》の子《こ》のかたに手《て》をおきました。

「こちらが、むすこのカヴです。どうぞ、なかよくしてやってください。」

（まあ、カヴは、ガジーさまとちがって、緑色《みどりいろ》の目《め》をしているのね。）

まるでほうせきのひすいのような、キラキラしたひとみが、ジャスミンを見《み》つめかえします。

「はじめまして。」

カヴが、小《ちい》さな声《こえ》であいさつしました。

「さてさて、わが友《とも》ガジー、そろそろそなたがチェスでわしに負《ま》ける時間《じかん》じゃなかろうか？」

サルタンが、にやりと、ガジーさまを見《み》あげます。

それをきいて、ガジーさまは大《おお》わらい。

「わたしも、きみをうち負《ま》かすのが楽《たの》しみだよ。きみとゆっくり語《かた》りあうのなんて、何年《なんねん》ぶりだろう！」

そういってかたをたたきあうサルタンとガジーさまは、まるで少年《しょうねん》にもどったようです。

「ジャスミンや、カヴと楽《たの》しくな。ただし、宮殿《きゅうでん》のへいのなかで遊《あそ》ぶんじゃよ！」

サルタンはふりかえってそういうと、ガジーさまとうれしそうに、宮殿《きゅうでん》のなかへ消《き》えていきました。

のこされたジャスミンは、カヴの顔《かお》をちらっとのぞきます。

カヴも、なにもいわずに、立《た》っています。

「あの……カヴ、あなたが来《き》てくれて、とてもうれしいわ。」

ジャスミンが、おそるおそる、口《くち》をひらきました。

「あなたは、どんな遊《あそ》びが好《す》き？」

ところが、カヴは、ただかたをすくめると、だまって馬車《ばしゃ》にのりこみ、なにかをさがしはじめます。

「ねえ、どんな遊《あそ》びが好《す》き？　きれいなバラがさいている庭《にわ》があるの。もし、あなたがよければ……。」

馬車《ばしゃ》から、カヴがなにかをもって、おりてきました。

「ぼくは、遊《あそ》ばない。これから、練習《れんしゅう》するんだ。」

「練習《れんしゅう》？　なんの？」

カヴが、手《て》にもっているものを、軽《かる》くもちあげます。

チェスばんと、なにかが入《はい》ったふくろです。

「これだよ。父上《ちちうえ》がやりかたを教《おし》えてくれたんだ。」

そういって、さっさと歩《ある》きさろうとします。

「待《ま》って！　いっしょにやりましょう！」

あわててジャスミンが声《こえ》をかけると、カヴがふりかえりました。

「きみ、チェスを知《し》ってるの？」

「ええ、お父《とう》さまが教《おし》えてくれたの。わたし、お父《とう》さまと、もう何十回《なんじっかい》もしあいをしたのよ。」

「へえ……。」

カヴが、ひすい色《いろ》の目《め》で、まばたきをします。

ようやく、ジャスミンと遊《あそ》ぶ気《き》になったようです。

ジャスミンは、大《おお》きないちじくの木《き》の下《した》にあるテーブルへ、カヴをあんないしました。

カヴは、テーブルの上《うえ》にチェスばんをおくと、小《ちい》さなふくろから、こまをざあっと広《ひろ》げました。

(まあ、カヴのこまは、お父《とう》さまのこまとはずいぶんちがうみたい!)

サルタンのこまは石《いし》でできていましたが、カヴのこまは、木《き》でできています。

形《かたち》も、サルタンのこまとは、まったくちがいました。

兵士《へいし》や城《しろ》のこま、僧侶《そうりょ》のこま、騎士《きし》のこま、そして女《じょ》王《おう》や王《おう》のこまが、ひと目見《めみ》てそれとわかるように、みごとな細工《さいく》でほられています。

「すごくきれいね！」

ジャスミンが思《おも》わず、こげ茶色《ちゃいろ》の兵士《へいし》のこまに手《て》をのばすと、カヴが目《め》にもとまらぬはやさで、かすめとりました。

「ぼくが、こげ茶色《ちゃいろ》のこまを使《つか》う。きみは、そっちのうすい茶色《ちゃいろ》のこまを使《つか》え。」

ジャスミンは、目《め》を

ぱちくりしました。

なんて、失礼《しつれい》なたいどでしょう。

「いいわ。じゃあ、わたしがうすい色《いろ》のほうね。」

（色《いろ》なんて、どっちでもいいもの。）

ジャスミンは、ことばをぐっとのみこんで、じぶんのこまをならべました。

しあいのはじまりです。

おたがいにこまをひとつずつ動《うご》かすと、カヴがしゃべりはじめました。

「ぼくの住《す》む宮殿《きゅうでん》は、大《おお》きくて、りっぱなんだ。」

「そうなの？」

カヴが、兵士《へいし》のこまを前《まえ》に進《すす》めます。

「そうさ。ぼくが見《み》てきたなかで、いちばん大《おお》きくて、りっぱなんだ。」

「へえ……。」

ジャスミンも、兵士《へいし》のこまを進《すす》めました。

「ねえ、あなたの国《くに》の人《ひと》たちは、どんなふう？　どんな食《た》べものが好《す》きなの？」

ところがカヴは、ジャスミンのしつもんには答《こた》えずに、こまを動《うご》かして、宮殿《きゅうでん》の話《はなし》をつづけます。

「宮殿《きゅうでん》のなかも、すごいんだぜ。ぼくは父上《ちちうえ》といろんなところを旅《たび》したけど、ぼくんちの宮殿《きゅうでん》が、いちばんりっぱだと思《おも》うな。」

ジャスミンは、こっそりため息《いき》をつきました。

(でもたしかに、ガジーさまはたくさんの国《くに》を旅行《りょこう》していらっしゃるって、お父《とう》さまがいっていたわ。)

そこでジャスミンは、こまを進《すす》めてからききました。

「いままで旅《たび》したなかで、どこがいちばんよかった?」

「エジプト!」

カヴが、まようことなく答《こた》えます。

「わあ、そうなの？　エジプトのこと、わたし本《ほん》でなんども読《よ》んだわ！　クレオパトラっていう、とってもきれいな女王《じょおう》さまがいたのよね！」

「それにクレオパトラは、すごく金持《かねも》ちだったんだ。」

カヴがこまを動《うご》かしました。

カヴは、どうしても、お金《かね》やほうせきの話《はなし》をしたいようです。

「ねえ、ピラミッドは見《み》た？」

カヴは、だまってうなずきます。

「そうなのね、うらやましいわ！　ねえ、ほんもののピラミッドって、どんなふうだった？」

「どうって……ただの大《おお》きな石《いし》の山《やま》さ。」

カウはそれだけいって、かたをすくめます。

ジャスミンは、僧侶《そうりょ》のこまをななめに動《うご》かして、カウの兵士《へいし》のこまをとりました。

「わたし、いつかは、ほんもののピラミッドを見《み》てみたいの。それに……。」

「ぼくののってきた馬車《ばしゃ》は、エジプトの金《きん》でかざられているんだぜ。」

カウが、話《はなし》をさえぎりました。それから、こまを動《うご》かし、ジャスミンのこまをとります。

「きみも見《み》ただろう？　馬車《ばしゃ》のてっぺんには、でっかいほうせきがある。どんな王《おう》さまだって手《て》にいれられないくらい、ねだんの高《たか》いほうせきなんだ。」

それからあとも、チェスをしているあいだずっと、カヴは、ほうせきや金《きん》、それにお金《かね》の話《はなし》ばかり。

いちどもこの宮殿《きゅうでん》から出《で》たことのないジャスミンにとって、知《し》りたいのは、外《そと》の世界《せかい》にはどんな人《ひと》たちがいて、どんなふうにくらしているのか、ということです。

なのに、カヴはいっこうに答《こた》えてくれません。

「ぼくがもってるいちばん大《おお》きいほうせきは、この木《き》になってるいちじくの実《み》よりも、大《おお》きいんだぜ。すごく真《ま》っ青《さお》な、サファイアなんだ。」

「そうなの。」

ジャスミンはそれ以上《いじょう》はなにもいわずに、ただだまって、騎士《きし》のこまを動《うご》かしました。

「きみは、なにか大《おお》きいほうせきをもってる？」

カウが城《しろ》のこまを動《うご》かして、きいてきます。

「わたしは、ほうせきはもってないけれど……。」

そういいながら見《み》あげると、たわわにみのるいちじくの実《み》が目《め》に入《はい》りました。

「ねえ、カヴ。このいちじくには、あるひみつがあるの。知《し》りたくない？」

「ひみつだって？」

ジャスミンは、いすの上《うえ》に立《た》ち上《あ》がると、つま先立《さきだ》ちでいちじくの実《み》に手《て》をのばしました。

小《ちい》さなまるまるとした実《み》

をふたつ手《て》にとると、いすからぴょんと、とびおります。

「いちじくはね、小《ちい》さいほうが、あまくておいしいの。」

ジャスミンはカヴに、かたほうの実《み》をさしだしました。

カヴはうけとらずに、目《め》をチェスばんにもどします。

「それは、いちじくの話《はなし》だろう？　ほうせきは、大《おお》きいほうがいいんだ。」

（カヴはやっぱり、ほうせきの話《はなし》が好《す》きなのね。）

そこでジャスミンも、いすにすわりなおして、いちじくを食《た》べながら、しあいを進《すす》めました。

カヴが、騎士《きし》のこまを動《うご》かしました。女王《じょおう》のこまの守《まも》りがからっぽです。

（やったわ！）

ジャスミンは、すばやく城《しろ》のこまを動《うご》かして、カヴの女王《じょおう》のこまをとりました。

カヴの目《め》の色《いろ》がかわりました。このままいくと、ジャスミンが勝《か》ちそうだということが、わかったのです。

しばらくのあいだ、ふたりは、おしゃべりもしないで、考《かんが》え考《かんが》え、こまを動《うご》かしあっていました。が……。

ガシャーン！

カヴのひざがチェスばんにあたって、こまが地面《じめん》にとびちりました。

「わざとじゃないんだ。」

カヴが、小《ちい》さな声《こえ》でいいます。

「いいのよ。」

ジャスミンは、こまをひろいあつめます。

「わたし、さっきまでのこまのならびを、おぼえているわ。もとにもどして、つづきからはじめましょう。」

ところが、カヴは、ひろったこまをふくろに入《い》れはじめました。

「いや、もうチェスはあきた。」

ジャスミンは、おどろいて、カヴを見《み》つめます。

（もしかしてカヴは、もうすこしで負《ま》けそうだったから、チェスばんをけったのかしら？）

もうあと何手《なんて》かで、ジャスミンは、カヴの王《おう》のこまをとれるところだったのです。

でも、ジャスミンは、ぶるぶると頭《あたま》をふって、そんな考《かんが》えを追《お》いだしました。

（新《あたら》しいお友《とも》だちのことを、そんなふうにうたがうなんて、よくないわ。）

そこでジャスミンは、べつのことを口《くち》にしました。

「ねえカヴ、かくれんぼは好《す》き？　それか、ほかになにか好《す》きな遊《あそ》びがあったら……。」

けれどカヴは、だまってかたをすくめると、チェスの道具《どうぐ》をもって、ひとりで宮殿《きゅうでん》へと歩《ある》きはじめました。

ジャスミンは、カヴのうしろすがたを見《み》ながら、こっそりため息《いき》をつきます。

（ああ、お友《とも》だちと遊《あそ》ぶって、なんてたいへんなことなのかしら！）

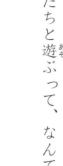

jewel《ジュエル》

キラキラ光《ひか》るサファイアやダイヤモンド。ほうせき（jewel《ジュエル》）を見《み》れば、だれだってうっとりします。でも、カヴのほうせき好《ず》きは、ジャスミンにはちょっと行《ゆ》きすぎに感《かん》じるようです。ほうせきはたしかにきれいだけど、ジャスミンは、もっとほかの話《はなし》をききたいなあって思《おも》っています。サファイアとあまいいちじくの実《み》、あなたならどっちが好《す》き？

5 友《とも》だちって、むずかしい！

ジャスミンは、なんとかカヴをせっとくして、ふたりでかくれんぼをして遊《あそ》ぶことになりました。

まずは、ジャスミンがさがす番《ばん》です。

「いーち、にーい、さーん、しーぃ……。」

十数《かぞ》えおわって、さがしに行《い》くと、カヴは大《おお》きな植木《うえき》ばちのかげに、しゃがんでかくれていました。

「カヴ、見《み》ぃつけた！」

カウは植木《うえき》ばちのかげから、しぶしぶ出《で》てきます。

「つぎは、ぼくの番《ばん》だ。いーち、にーい……。」

カウが目《め》をかくして数《かぞ》えはじめたので、ジャスミンはすぐさまかけだしました。

（あっ、あそこがいいわ！）

ジャスミンは、中庭《なかにわ》のかいだんの下《した》に、すばやくかくれます。

数《かぞ》えおわったカウは、しばらくさがしまわっていましたが、なかなかジャスミンを見《み》つけられません。

そうしているうちに、立《た》ちどまると、

「やめた。ぼくはもう、かくれんぼはあきた。」

といって、ベンチにこしをおろしました。

しかたなく、ジャスミンはかいだんから出《で》てきます。

「それじゃあ、ラジャーをつかまえっこしましょう！」

ぴょんぴょんとびまわるトラの子《こ》どもをつかまえるのは、むずかしいのですが、とっても楽《たの》しい遊《あそ》びです。

ふたりはラジャーを追《お》いかけて、庭《にわ》じゅう走《はし》りまわりました。

ところが、ジャスミンが先《さき》にラジャーをつかまえると、カヴはとたんに立《た》ちどまりました。

「こんなの、たいくつだ。それに、くつに石《いし》が入《はい》った。」

カヴはくつをぬいで、なかをしらべています。

「カヴ、だいじょうぶ？」

ジャスミンが心配《しんぱい》してたずねたのに、カヴはくつをふるばかりです。

「ねえ、カヴがしたい遊《あそ》びをしましょう！」

ジャスミンは、声《こえ》を明《あか》るくしてきいてみました。

ところが、カヴはくつをはきなおすと、そっけなくいいます。

「もう遊《あそ》ばない。食事《しょくじ》の時間《じかん》だし。」

それだけいうと、ひとりで行《い》ってしまいました。

ジャスミンは、みじめな気持《きも》ちで見送《みおく》ります。

（いったい、なにがわるかったのかしら？　ああ、お友《とも》だちと遊《あそ》ぶって、なんてむずかしいの！）

夕食《ゆうしょく》の時間《じかん》になりました。

カヴは、むっつりとだまったままです。

ジャスミンは、なんどもカヴに話《はな》しかけようとしましたが、うまくいきません。

そのあいだ、サルタンとガジーさまは、ずっと楽《たの》しそうにおしゃべりをしていて、ジャスミンとカヴのようすにまるで気《き》づかないようです。

ガジーさまとカヴが客室《きゃくしつ》に引《ひ》きあげたあと、サルタンはジャスミンをお茶《ちゃ》によびました。

夜空《よぞら》の広《ひろ》がる中庭《なかにわ》で、ジャスミンは、サルタンとお茶《ちゃ》をすすります。

「ジャスミンや、きょうのガジーとのしあいの話《はなし》を、はやくしたくてな。」

サルタンが、かた目《め》をつぶって、うれしそうにささやきました。

三日月《みかづき》の下《した》できく、サルタンとガジーさまとのチェスの話《はなし》は、とってもわくわくします。

きいているうちに、ジャスミンのしずんだ心《こころ》も、ぽっと明《あか》るくなりました。

「さあ、つぎはおまえの番《ばん》じゃよ、ジャスミン。カヴとは、どんな遊《あそ》びをしたんじゃ？」

サルタンがジャスミンの顔《かお》を、にこにことのぞきこみます。

ジャスミンは、いっしょうけんめい、えがおを作《つく》ろうとしました。

「ええと……、カヴがじぶんのチェスの道具《どうぐ》をもってきていたから、まずはチェスで遊《あそ》んだの。それから……。」

ジャスミンは、うまく話《はな》そうとしましたが、ことばが出《で》てきません。

サルタンが、むすめのかなしそうな顔《かお》に、ようやく気《き》がつきました。

「いったいどうしたのじゃ、わしのジャスミンや？」

ジャスミンは、とうとうがまんしきれなくなって、本《ほん》当《とう》のことをうちあけました。

「カヴは、わたしと遊《あそ》びたくないみたいなの。夕食《ゆうしょく》のときも、ぜんぜんしゃべってくれなかったし。」

サルタンは、やさしくうなずきかえしました。

「そうかそうか。わしはすっかり、おまえたちは遊《あそ》びつかれて、だまっておったのだと思《おも》っていたのじゃが。気《き》づかなくて、すまなかったな。」

ジャスミンは、首《くび》をふります。

「ちがうの、お父《とう》さまはなにもわるくないの。ただ……わたしが、お友《とも》だちってどうやってなるものなのか、なにも知《し》らないってことなんだわ。」

するとサルタンが、まゆをひそめていいました。

「おまえの話《はなし》をきくに、友《とも》だちの作《つく》り方《かた》を知《し》らないのは、カヴもおなじかもしれんよ。」

「どうして？　だってカヴは、いろんなところを旅《たび》して、いろんな人《ひと》たちに会《あ》っているのよ？

わたしは、この宮殿《きゅうでん》しか知《し》らないし、お友《とも》だちはラジャーだけだし……。」

ジャスミンは、足《あし》もとでねそべっているラジャーの頭《あたま》をなでてやります。

「そうだわ！　あのね、お父《とう》さま。カヴは、勝負《しょうぶ》で負《ま》けるのが、すごくきらいみたいなの。だから、わたしがカヴを勝《か》たせてあげれば――。」

「ジャスミンや。」

サルタンが、ジャスミンのことばをさえぎります。

「そうやって、わざとなにかすることで、友《とも》だちになっても、けっきょくはうまくいかないものじゃよ。」

ジャスミンは、サルタンを見《み》あげます。

「おまえは、いつだって、おまえらしくあってほしい。かしこくて、だれにでもやさしい、そして強《つよ》い心《こころ》をもった、わしのかわいいプリンセスらしくな。

じぶんをいつわってまで、なにかをしようとしてはいけないよ。」

サルタンのいうことは、ジャスミンにはすこしむずかしく感《かん》じました。

でも、心《こころ》のなかに、ゆっくりとしみこんでいくのがわかりました。

「ねえ、お父《とう》さま。わたしやっぱり、カヴとお友《とも》だちになりたいの。どうしたらいいと思《おも》う？」

サルタンは、お茶《ちゃ》をひと口《くち》すすって、いいました。

「友《とも》だちになるには、時間《じかん》がひつようなものじゃ。ゆっくり、ゆっくり、とな。あせることはないぞ、かわいいジャスミンや。」

ジャスミンも、お茶《ちゃ》をすすりました。あたたかいお茶《ちゃ》が、心《こころ》もとかしていくようです。

「ありがとう、お父《とう》さま。きっと、カヴと友《とも》だちになるのに、勝《か》ち負《ま》けのある遊《あそ》びはむいてないのね。あしたは、もっといいほうほうを考《かんが》えてみるわ！」

「それでこそ、わがむすめじゃ！」

サルタンとジャスミンは、おたがいにうでを組《く》みあって、なかよく宮殿《きゅうでん》へともどりました。

play《プレイ》

play《プレイ》は遊《あそ》ぶことをさします。かくれんぼのような遊《あそ》びやチェスのようなゲーム、それにピアノのような楽器《がっき》をかなでることも、すべてplay《プレイ》にあたります。だれかにむりやりやらされるのではなく、じぶんからわくわくしてやりたくなるのが「遊《あそ》び」。でも、カウは遊《あそ》ぶのが楽《たの》しくないみたい……。ジャスミンは、いいほうほうを思《おも》いつけるでしょうか？

6 新《あたら》しい計画《けいかく》

つぎの日《ひ》の朝《あさ》。

気持《きも》ちよく晴《は》れあがった空《そら》の下《した》、ジャスミンとサルタンは、ガジーさま、それにカヴと、高台《たかだい》に作《つく》られたテーブル席《せき》で、朝食《ちょうしょく》をとりました。

ここは、ジャスミンのお気《き》に入《い》りの場所《ばしょ》です。

なぜって、いつもジャスミンが出《で》てはいけないといわれる、へいのむこうのけしきが見《み》わたせるからです。

「ああ、ここからぴょんととびおりて、国《くに》じゅうのいろんなものを見《み》てまわりたいわ！」

あまいナツメヤシの実《み》がつまったおいしいパンを食《た》べながら、ジャスミンは思《おも》わず、うっとりといいました。

それをきいて、ガジーさまがわらいます。

「ジャスミンひめ、どうやらあなたは、お父上《ちちうえ》ににて、ぼうけん好《ず》きのようだ。」

「いや、まったく、そのとおりじゃ。」

サルタンも、口《くち》をもぐもぐさせながら、うなずきます。

ジャスミンに、いい考《かんが》えがうかびました。

「ねえ、カヴ。きょうは、宮殿《きゅうでん》のしき地《ち》の、いろんなところをたんけんしてみない？」

カヴも、心《こころ》を動《うご》かされたようです。

やがて、モゴモゴと口《くち》をひらきました。

「いいよ。」

「よかったわ！」

まずは、第一歩《だいいっぽ》、せいこうです！

サルタンがジャスミンに、こっそりかた目《め》をつぶってほほえみました。

「ふたりとも、楽《たの》しむんじゃよ。」

朝《あさ》ごはんが終《お》わると、サルタンとガジーさまは、いそいそと宮殿《きゅうでん》のなかへもどっていきました。きっとこのあと、またチェスでたたかうのでしょう。

ジャスミンは、ラジャーもいっしょに、カヴを中庭《なかにわ》の大《おお》きなふんすいまでつれてきました。

「わたし、ラジャーとしかたんけんしたことがないの。カヴ、あなたといっしょにできて、うれしいわ！」

このふんすいから、きれいにかりとられたしばふのむこうに、緑《みどり》のおかが見《み》えます。

「おかのむこうの、あの林《はやし》をめざすのは、どう？」

「いいよ。」

ふたりとラジャーとで、林《はやし》をめざします。

歩《ある》くうち、カヴが口《くち》をひらきました。

「それにしてもさ。きみが宮殿《きゅうでん》のなかしか知《し》らないなんて、しんじられないよ。ぼくなんか、世界《せかい》じゅう旅《たび》したんだぜ。」

ジャスミンのむねが、ちくりといたみます。

「宮殿《きゅうでん》のへいの外《そと》に出《で》てはいけないっていう、決《き》まりがあるのよ。」

ジャスミンは、カヴの横顔《よこがお》をちらりと見《み》ます。

(チェスをしているときは、チェスのことを考《かんが》えていればよかったけれど……こういうときは、なにを話《はな》せばいいのかしら?)

ジャスミンの心《こころ》に、ゆうべのサルタンのことばがよみがえります。

『ゆっくり、ゆっくり、とな。あせることはないぞ。』

やがて、おかにたどりつきました。

おかから見《み》おろすと、その先《さき》に、せの高《たか》い木々《きぎ》が、青《あお》い空《そら》にむかってまっすぐに立《た》っています。

「あれは、イトスギの木《き》だね。」

カヴがいいました。

「あそこまでかけっこしましょう！」

ジャスミンは思《おも》わずかけだして、あっと立《た》ちどまりました。

（いけない！　カヴとは、勝《か》ったり負《ま》けたりする遊《あそ》びはしないって決《き》めてたのに！）

ところがカヴは、ジャスミンのようすには気《き》づかずに、うなずきました。

「いいよ。でも、かけっこじゃなくて、ころがりきょうそうだ。」

「ころがりきょうそうって？」

「やったことない？」

カヴが、両手《りょうて》をあげて、ねころびます。

ジャスミンもまねして、ねころびました。

「こうやって、ころがるんだ！」

そうさけんだとたん、カヴがそのまま、おかのふもとへむかって、ころがり落《お》ちていきました。

ジャスミンもあわてて、まねしてころがります。

（わあ、目《め》がまわる！）

ころころ、ころころ！

すごいスピードでカヴがころがり、そのあとをジャスミンがつづきます。
ラジャーも大《おお》はしゃぎで、ぴょんぴょんとジャスミンを追《お》いかけます。
じぶんでも知《し》らないうちに、ジャスミンは大声《おおごえ》をあげて、わらっていました。
ころがるたびに、まるで世界《せかい》がひっくりかえるみたいです。
むちゅうでおかのふもとまでころがりおりると、カヴが待《ま》っていました。

「どう？　楽《たの》しいだろ？」

カヴが、息《いき》をはずませています。

こんなに楽《たの》しそうなカヴを見《み》るのは、初《はじ》めてです。

「このおかは、ころがるのにさいこうだな。」

カヴがまんぞくげに、服《ふく》についた草《くさ》の葉《は》っぱをはらいました。

「まだ目《め》がぐるぐるまわってるわ！」

ジャスミンが息《いき》を切《き》らしたまま、立《た》ち上《あ》がれないでいると、カヴが手《て》をさしだしました。

「ほら、つかまれよ。木《こ》かげで休《やす》もう。」

ジャスミンはびっくりして、カヴの手《て》を見《み》つめます。

「ありがとう。」

カヴの手《て》をかりて立《た》ち上《あ》がり、ラジャーもいっしょに、イトスギの林《はやし》へむかいました。

心地《ここち》よい風《かぜ》が、汗《あせ》ばんだ首《くび》もとを通《とお》ります。

「見《み》て。イトスギがおどってるわ。」

ジャスミンが風《かぜ》にゆれているえだを指《ゆび》さすと、カヴもおなじほうを見《み》ました。

「木《き》はおどるもんか。でも……きみのいいたいことはわかるよ。」

それからカウは、じぶんのポケットをごそごそさぐって、なにかをとりだしました。

見《み》ると、紙《かみ》につつまれた小《ちい》さなものがふたつ、カウの手《て》のひらにのっています。

「インドからとどいたおかしだ。はちみつと、ピスタチオナッツでできてる。食《た》べる？」

ジャスミンは、かたほうをもらって、つつみをほどき、口《くち》にいれました。

はちみつのかおりが、口《くち》いっぱいに広《ひろ》がります。

まんなかに入《はい》っているのが、ピスタチオのようです。

カリッとかむと、ナッツのこうばしい味《あじ》がしました。

「これ、とってもおいしいわね！」

「だろ？」

しばらくふたりはこしをおろして、おかしを味《あじ》わいました。ラジャーがジャスミンのとなりにちょこんとねそべり、すずしい風《かぜ》がそよそよとふきぬけます。

そうしてだまってすわっているうちに、ジャスミンはずっと前《まえ》にきいた、ある物語《ものがたり》を思《おも》い出《だ》しました。

「ねえ、カウ。イトスギの木《き》がたからものを守《まも》っているっていうお話《はなし》、きいたことある？」

「たからものだって？　どんな話《はなし》？」

カウが身《み》をのりだしたので、ジャスミンは両手《りょうて》をひざにのせて、話《はな》しはじめました。

「むかしむかし、ある王《おう》さまの国《くに》に、イトスギの大《おお》きな森《もり》がありました。

その森《もり》のなかには一本《ぽん》だけ、根《ね》もとに、王《おう》さまの金《きん》やほうせきがうめられているイトスギがありました。

これまで、おおぜいのどろぼうが、たからものをぬすみに森《もり》にやってきましたが、ふしぎと、だれひとりとして帰《かえ》ってくる者《もの》はありませんでした。

ある日《ひ》、またひとりのどろぼうがやってきました。

そしてついに、たからもののうめられたイトスギを見《み》つけました。

どろぼうが根《ね》もとをほりおこそうと、木《き》にふれたとたん――、どろぼうのすがたが消《き》えました。

つぎの日《ひ》、その木《き》のそばに、イトスギの若木《わかぎ》が一本《ぽん》、新《あたら》しく生《は》えていました。」

ジャスミンが語《かた》りおわり、カヴがため息《いき》をつきました。

「そのどろぼうは、イトスギの木《き》になったんだな。」

ジャスミンも、うなずきます。

「森《もり》のイトスギぜんぶが、もとはどろぼうだったのかも。その森《もり》はいまでも、王《おう》さまのたからものを守《まも》っているんですって。」

「へえ……。」

カヴが、そばに立《た》つイトスギの木《き》を見《み》あげます。

「この木《き》も、たからものを守《まも》ってないかな？」

ジャスミンも、つられて、見《み》あげました。

空《そら》にのびるえだが、さそうように風《かぜ》にゆれています。

「あっ。見《み》ろよ、ジャスミン！」

ふいに、カウが声《こえ》をあげました。

指《ゆび》さす先《さき》の林《はやし》のなかに、ごろごろした岩《いわ》がころがっています。

「あの岩《いわ》が、どうかしたの？」

「あそこだけ、ちょっとへんじゃないか？　まるでだれかが、なにかをかくすためにつみあげたみたいだ。」

いわれてみると、たしかにそうです。

地面《じめん》にころがる岩《いわ》のなかでひとつだけ、ふしぜんに立《た》てかけられたような岩《いわ》があります。

ふたりは林《はやし》のなかへ入《はい》って、岩《いわ》に近《ちか》づいてみました。

岩《いわ》のすきまをのぞくと、むこうになにかありそうです。

「ジャスミン、この岩《いわ》、おしてみようぜ。」

ジャスミンは、カヴと、力《ちから》を合《あ》わせておしてみます。

大《おお》きな岩《いわ》が、ずずっと動《うご》きました。

「見《み》て、カヴ！　これ、もしかして……。」

岩《いわ》のむこうに、人《ひと》がひとり通《とお》れるくらいのあながあらわれました。

いままで見《み》たことのない、ほらあなの入《い》り口《ぐち》です！

7 ひみつのほらあな

ジャスミンとカヴは、ほらあなをのぞいてみました。

ごつごつした岩《いわ》かべにかこまれて、深《ふか》い、暗《くら》いあなが下《した》へとつづいています。

「ねえ、下《した》のほうには、なにがあるのかしら?」

ジャスミンが、カヴにささやきます。

「きっと、かくされたたからものがあるんだ。」

カヴの声《こえ》も、こうふんではずんでいます。

ふたりはうなずきあって、そろそろと、ほらあなのなかに足《あし》をふみだしました。

てんじょうは低《ひく》く、こしをかがめないと頭《あたま》をぶつけそうです。

ひんやりとした空気《くうき》が、あなのおくからただよってきます。

ジャスミンは、むねがドキドキするのをおさえることができません。

（ああ、ついに、ほんもののぼうけんがはじまるんだわ！）

となりで、ラジャーがふあんそうに、ジャスミンを見《み》あげます。

ジャスミンは、ラジャーをなでてやりました。

「心配《しんぱい》いらないわ、ラジャー。いっしょに行《い》きましょう。」

ジャスミン、ラジャー、そのうしろにカヴがつづいて、注意《ちゅうい》ぶかく、ほらあなの下《した》へとおりていきます。

ほらあなのなかは、ごろごろとした岩《いわ》だらけです。

ときおり、足《あし》もとの岩《いわ》がころがって、ジャスミンたちはあやうくころびそうになりました。

そうしてせまいあなをしばらくおりていくと、ふいにひらけた空間《くうかん》へたどりつきました。

「すごいわ……地下《ちか》にこんなところがあるなんて！」

ジャスミンはしんじられない思《おも》いで、ぐるりと見《み》まわします。

岩《いわ》のかべが内《うち》がわにせりだしていますが、ふたりで立《た》つのにじゅうぶんな広《ひろ》さです。

「いったいいつから、あったのかしら？」

「きっと、何千年《なんぜんねん》もむかしからだ。」

カヴが岩《いわ》のてんじょうを見《み》あげて、いいました。

岩《いわ》の通路《つうろ》は、さらにおくへとつづいています。

ここまでは、ほらあなの入《い》り口《ぐち》からの光《ひかり》がとどいていましたが、通路《つうろ》の先《さき》は真《ま》っ暗《くら》で、なにも見《み》えません。

「ジャスミン、きみ、宮殿《きゅうでん》へ帰《かえ》りたくなった？」

カヴが、ニヤニヤわらいながらきいてきます。

「そんなことないわ。」

ジャスミンはすぐに答《こた》えましたが、心《こころ》のなかでは、こわさにふるえていました。

（そりゃあこわいけど……でも、この先《さき》になにがあるのか、見《み》てみたい！）

ジャスミンが暗《くら》やみのなかへ、一歩《ぽ》ふみだしました。

ラジャーがジャスミンによりそって歩《ある》いて、そのうしろをカヴがゆうゆうとついてきます。

「このおくにはきっと、すごいたからものがあるんだぜ！」

真《ま》っ暗《くら》ななか、岩《いわ》かべを手《て》さぐりしながら、しんちょうに足《あし》を運《はこ》びます。

岩《いわ》の道《みち》は、くねくねと、曲《ま》がり道《みち》ばかりです。

ジャスミンは頭《あたま》のなかで、地図《ちず》をえがきながら歩《ある》きました。

（まだここは、宮殿《きゅうでん》のしき地《ち》のなかのはず。宮殿《きゅうでん》の下《した》に、こんなひみつがかくされていたなんて！）

なんどめかの曲《ま》がり角《かど》を曲《ま》がると、暗《くら》い通路《つうろ》のむこうに、かすかなあかりが目《め》に入《はい》りました。

（出口《でぐち》かしら？　それにしては暗《くら》すぎるけど……。）

近《ちか》づいてみると、あかりの正体《しょうたい》は、小《ちい》さなランタンでした。なかで、小《ちい》さなほのおがゆらめいています。

「だれかのわすれものかしら？」

ジャスミンはランタンをかかげて、あたりをてらしてみました。でも、だれの気配《けはい》もありません。

「もうぼくらのものだ。ジャスミン、こっちをてらしてくれよ！」

ジャスミンがランタンをむけると、カヴはしゃがみこんで、地面《じめん》にうまっているものをほりだしはじめます。

ほこりっぽい土《つち》のなかから、白《しろ》い、とがったものが出《で》てきました。

「たぶん、大《おお》むかしの動物《どうぶつ》の歯《は》だ！　きっと、すごいかちのあるものだぜ。」

カヴはだいじそうに、ポケットにしまいました。

ジャスミンが通路《つうろ》をてらして、ふたりはさらに先《さき》へと

進《すす》みます。

ランタンがあるので、先《さき》ほどよりは安心《あんしん》です。

岩《いわ》の道《みち》は、くねくねとつづきます。

ここで行《ゆ》き止《ど》まりだろうと思《おも》っても、さらにその先《さき》に道《みち》がのびていて、まるできょだいなめいろのようです。

「あっ、見《み》てカウ！　足《あし》あとがあるわ！」

ランタンの光《ひかり》で、よくよくたしかめてみます。

まちがいなく、ジャスミンやカウのものではない、ほかのだれかの足《あし》あとです。

「たぶん、たからをねらっているやつの足《あし》あとだ。こいつより先《さき》に、たからを見《み》つけようぜ！」

カヴがあたりを見《み》まわしはじめた、そのとき。

ジャスミンの耳《みみ》に、じゃりのきしむような、だれかの歩《ある》く音《おと》がとどきました。

「ねえ、いまのきこえた？」

ジャスミンは声《こえ》をひそめて、たずねます。

「なにが？」

「足音《あしおと》よ。だれかが近《ちか》くにいるんだわ。」

ところがカヴは、わらって首《くび》をふります。

「気《き》のせいだよ。きみ、やっぱりこわがってるんだな。」

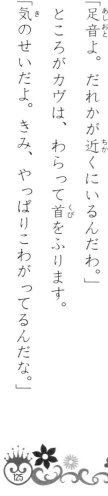

そういわれると、気《き》のせいのような気《き》がします。
(でも、たしかにきこえたと思《おも》ったのだけど……。)
ふたりは、さらに先《さき》へと進《すす》みます。
曲《ま》がり角《かど》を曲《ま》がって――、ジャスミンはハッと息《いき》をのみました。
目《め》の前《まえ》に、だれかが立《た》っていたのです!

8 思《おも》いがけない出会《であ》い

ジャスミンは、思《おも》わずとじた目《め》を、おそるおそるあけました。

目《め》の前《まえ》に立《た》っていたのは、ジャスミンやカヴとおなじくらいの年《とし》の男《おとこ》の子《こ》です。

深《ふか》い茶色《ちゃいろ》の目《め》をまんまるにひらいて、こちらを見《み》つめて、かたまっています。

ジャスミンの見《み》つけたものとおなじ形《かたち》のランタンが、

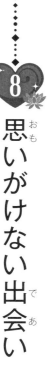

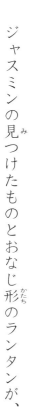

足《あし》もとにころがっています。

「こんにちは。」

ジャスミンはようやく、口《くち》をひらきました。

「こんにちは。」

男《おとこ》の子《こ》も、ジャスミンとおなじように、ていねいにあいさつを返《かえ》しました。

ジャスミンのうしろで、じろじろと男《おとこ》の子《こ》を見《み》ていたカヴは、さえぎるように前《まえ》に出《で》てきました。

「おまえはだれだ？」

男《おとこ》の子《こ》は、小《ちい》さな声《こえ》で答《こた》えます。

「ぼくは、ババク。家族《かぞく》といっしょに、宮殿《きゅうでん》ではたらいている。ぼくのおじいちゃんはアルマンドといって、サルタンのおそばにつかえているんだ。」

ジャスミンは、思《おも》わず、あっと声《こえ》をあげました。

たしかに、ババクは、サルタンのちゅうじつなめしつかいのアルマンドと、そっくりです。

カヴはふきげんそうに目《め》を細《ほそ》めて、ジャスミンを指《ゆび》さしました。

「おまえ、こいつがだれか、知《し》らないのか？」

ババクはジャスミンを見《み》つめましたが、わからないようです。

それもとうぜんです。ジャスミンも、ババクに初《はじ》めて会《あ》ったのです。

「おまえの国《くに》のプリンセスだよ。」

カヴがそういったとたん、ババクはふるえあがりました。あわてて、ジャスミンに、ひざまずきます。

「もうしわけございません、プリンセス！　お会《あ》いできてこうえいです！」

真《ま》っ青《さお》になって頭《あたま》をさげるババクを見《み》おろして、カヴがジャスミンにささやきます。

「めしつかいのまごだなんて、こいつはきっとうそをついている。たぶん、たからをねらって来《き》たんだ。」

「カヴ！」

ジャスミンは、思《おも》わず大《おお》きな声《こえ》をあげました。

「なんてことというの、カヴ！　ババクも、どうか立《た》って。頭《あたま》をさげることなんてないわ。」

ジャスミンがいっしょうけんめいとりなして、ようやくババクは、もうしわけなさそうに立《た》ち上《あ》がりました。

「ババク、あなたはこの地下《ちか》のこと、知《し》ってるの？」

ババクは、もじもじとうなずきます。

「ここは、地下通路《ちかつうろ》なんです。あみの目《め》みたいにつながっています。宮殿《きゅうでん》ではたらく人《ひと》たちは、ふだんからここを使《つか》っています。近道《ちかみち》になるんです。」

ここを、ふだんから使《つか》っていただなんて！

宮殿《きゅうでん》のしき地《ち》のなかでさえ、ジャスミンにはまだまだ知《し》らないことがいっぱいあるようです。

「それで、おまえはここでなにしてたんだよ？」

カヴにきかれて、ババクはいっそう小《ちい》さくちぢこまりました。

「ええと……ネイの練習《れんしゅう》をしていたんです。」

ネイとは、アグラバーの国《くに》の人《ひと》たちが音楽《おんがく》をかなでるときに使《つか》う、ふえのことです。

「ぼくは、まだネイをじょうずにふけないから……。だれにもきかれないように、通路《つうろ》のおくで練習《れんしゅう》をしていたんです。」

カヴが、まゆをひそめます。

「ネイなんて、もってないじゃないか。」

「ええと……じつは……きのうも練習《れんしゅう》して、岩《いわ》の上《うえ》にかくして帰《かえ》ったんです。でも、どの岩《いわ》だったか、わからなくなって……。」

ババクが、服《ふく》のすそをぎゅっとつかみます。

「あのネイは、おじいちゃんからかりたものなんです。もしネイをなくしたってきいたら、おじいちゃんきっとすごくかなしむ。だから、ぜったいに見《み》つけなきゃいけない。

みんなに知《し》られないうちに、はやく仕事《しごと》にもどらないといけないのに、ぜんぜん見《み》つからなくて……。」

ところがカウは、ジャスミンを引《ひ》っぱりよせて、耳《みみ》もとでささやきます。

「こいつのことはほっといて、宮殿《きゅうでん》へ帰《かえ》ろうぜ。」

「いいえ、ババクを助《たす》けることが先《さき》よ。」

ジャスミンは反対《はんたい》しましたが、カウは首《くび》をふります。

「だめだ、ジャスミン。ここにいることがばれたら、ぼくだってきみだって、きっとたいへんなことになる。

それに、きみのお父上《ちちうえ》は、めしつかいのまごといっしょにいることを、ゆるさないだろう。」

ジャスミンは、はっとしました。

『王族《おうぞく》の子《こ》ども以外《いがい》とは、遊《あそ》んではいけない。』

それが、サルタンにいわれている、王家《おうけ》の決《き》まりです。

(でも、お父《とう》さまはいつも、「だれにでもおなじように、親切《しんせつ》にしなさい。」っていうわ。

ババクは、とてもこまっているんだもの。

手伝《てつだ》ってとうぜんだわ！)

ジャスミンは顔《かお》を上《あ》げて、カヴの目《め》を見《み》すえました。

「わたしは、ババクを手伝《てつだ》う。宮殿《きゅうでん》に帰《かえ》るのは、そのあとにするわ。」

カヴは、しばらくのあいだ、ジャスミンを見《み》つめていました。

が、やがて、ジャスミンのランタンをとりあげると、くるりとせなかをむけました。

「わかった。ぼくは、ひとりで帰《かえ》る。きみのこと、お父上《ちちうえ》にきかれたら、正直《しょうじき》にぜんぶしゃべるからな。」

カヴのすがたは、しだいに遠《とお》ざかっていき、さいしょの曲《ま》がり角《かど》で、あかりも見《み》えなくなりました。

tunnel《トンネル》

　ジャスミンは、ひみつのほらあなから、思《おも》いがけず地下通路《ちかつうろ》にたどりつきました。しぜんにできたどうくつではなく、人《ひと》や動物《どうぶつ》がほった地下通路《ちかつうろ》が、tunnel《トンネル》です。

　宮殿《きゅうでん》には、王《おう》さまやプリンセスだけでなく、ババクのようにはたらいている人《ひと》がおおぜいいます。地下通路《ちかつうろ》の発見《はっけん》は、ジャスミンにまたひとつ新《あたら》しい世界《せかい》をもたらしたようです。

9 ジャスミンの決意《けつい》

「さあ、いっしょにネイをさがしましょう！

ババク、通《とお》った通路《つうろ》は、ぜんぶ行《い》ってみた？」

ババクは、おどおどと答《こた》えます。

「行《い》った……と思《おも》います。」

「岩《いわ》の、どのあたりにおいたの？」

「岩《いわ》の高《たか》いところにおいたのは、はっきりおぼえてるんです。でも、どの岩《いわ》だったか思《おも》い出《だ》せなくて……。」

ジャスミンは、明《あか》るい声《こえ》でババクをはげまします。

「だいじょうぶよ、ババク。きっと見《み》つかるわ！」

さっそく、ラジャーもつれて、地下通路《ちかつうろ》のなかを歩《ある》きはじめました。

「ババク、あなたは右《みぎ》がわにある岩《いわ》をさがして。わたしは、左《ひだり》がわをさがすわ。そのほうが、きっとはやく見《み》つかると思《おも》うの。」

ババクは、だまってうなずきます。

はじめ、ババクは、プリンセスとふたりきりになって、きんちょうでカチカチになっていましたが、いっしょにさがすうち、すこしずつ口《くち》をひらきはじめました。

「ネイは、だれかに教《おそ》わっているの？」

「いいえ。じぶんひとりで練習《れんしゅう》しています。

ここでかくれて練習《れんしゅう》していたのは、人《ひと》にきかれたくないのもあるんですけど、いちばんは、おじいちゃんをびっくりさせたいからなんです。」

ババクは、はずかしそうに、ほほえみました。

ババクがしゃべるようになったので、ジャスミンもここまで来《き》たときのことを話《はな》したくなりました。

きょうは宮殿《きゅうでん》のしき地《ち》のなかをたんけんしたこと、おかでのころがりきょうそう、そしてイトスギの林《はやし》のおくで、この地下通路《ちかつうろ》の入《い》り口《ぐち》を見《み》つけたこと。

「おかしいですね。」

と、ババクはつぶやきました。

「そんなところに入《い》り口《ぐち》があるなんて、知《し》りませんでした。たぶんその入《い》り口《ぐち》は、ずっとむかしに、とじられたんじゃないかと思《おも》います。」

「なんでとじられたのかしら？」

ババクはすこし考《かんが》えて、答《こた》えました。

「この地下通路《ちかつうろ》には、ヘビがいるといわれています。

なかには、どくをもっているヘビも。」

ヘビ！　ジャスミンは思《おも》わず、体《からだ》をだきよせます。

「あなたは見《み》たことあるの？」

「いちどだけ。すぐに、どこかへ行《い》ってしまいましたけど。だから、ここを知《し》らない人《ひと》がうっかり入《はい》らないように、入《い》り口《ぐち》をふさいだんじゃないでしょうか。」

ジャスミンとババクは、そんなおしゃべりをしながらも、ずっとネイをさがしました。

時間《じかん》はどんどんすぎるし、地下通路《ちかつうろ》は終《お》わりがないように感《かん》じます。

（ああ、いったいどこにあるのかしら？）

そのとき、つきでた岩《いわ》の上《うえ》から、細長《ほそなが》いぼうがとびでているのが見《み》えました。

「ババク！　もしかして、あれじゃない？」

ジャスミンが指《ゆび》さすと、ババクはとびあがりました。

「そうだ、この岩《いわ》だ！」

ババクがのびあがって岩《いわ》の上《うえ》に手《て》をのばすと、見《み》えていたぼうは、たしかに、さがしていたネイでした。

「ありがとうございます、プリンセス！」

ババクが、地面《じめん》に頭《あたま》がつきそうなくらい、深《ふか》くおじぎをしたので、ジャスミンはあわてて手《て》をふりました。

「いいのよ、ババク。見《み》つかってよかったわ。

ねえ、ちょっとだけ、ネイをふいてみてくれない？」

「え、ぼくがですか？」

ババクははずかしがっていましたが、ネイのふき口《ぐち》を口《くち》もとにあてて、あなに指《ゆび》をそえ、かまえます。

大《おお》きく息《いき》をすってふくと、ピィーッと、すんだ音《おと》がひびきわたりました。

風《かぜ》のようなやわらかい音色《ねいろ》が、軽《かろ》やかなメロディをかなではじめます。

ババクはしだいに、プリンセスの前《まえ》でふいていることをわすれて、音楽《おんがく》にすっかり集中《しゅうちゅう》していきました。

（ババクは、じょうずにふけないっていっていたけど、ぜんぜんそんなことないわ。きっと、すごく練習《れんしゅう》しているのね！）

ジャスミンは、うっとりと、目《め》をとじました。

（お父《とう》さまや、レイラ先生《せんせい》、それにカヴもいっている、王家《おうけ》の決《き》まりなんて、正《ただ》しくないわ。王族《おうぞく》の子《こ》どもでなくたって、ババクは、いっしょにいてとても楽《たの》しいもの。

いつの日《ひ》か、あんな決《き》まり、きっとかえてみせる！）

曲《きょく》が終《お》わりました。

ジャスミンは、手《て》がいたくなるほど、大《おお》きなはくしゅをしました。

「ババク、本当《ほんとう》にすてきだったわ！　ねえ、もっときかせて！」

ババクははにかみながらも、つぎの曲《きょく》をふきはじめました。ラジャーもババクのふえが気《き》に入《い》ったようで、リズムにのって、ぴょんぴょんとびはねています。

ネイも見《み》つかったし、あとは帰《かえ》るだけです！

ババクのふく音楽《おんがく》に合《あ》わせて、足《あし》どりも軽《かる》く、みんなで出口《でぐち》をめざしていると――ゴロゴロガラン！

岩《いわ》がくずれるような音《おと》が、ひびいてきました。

それにつづいて……。

「助《たす》けてくれーっ！」

だれかのさけび声《ごえ》です。

「いまの声《こえ》……カヴじゃないかしら？」

ジャスミンは、ババクと顔《かお》を見合《みあ》わせます。

「なにかおきたんだわ。はやく助《たす》けに行《い》かないと！」

10 きんきゅうじたい、発生《はっせい》！

ふたりは、声《こえ》のしたほうへといそぎました。

うめき声《ごえ》は、しだいに近《ちか》づいてきます。

何回《なんかい》か、角《かど》を曲《ま》がったところで、ついに、がれきの下《した》にうまったカウを見《み》つけました。

「カウ！　だいじょうぶ？　けがはない？」

ジャスミンがかけよると、カウはほっとした顔《かお》を見《み》せました。

「その出口《でぐち》から出《で》ようとして、岩《いわ》をよじのぼったら、とつぜん岩《いわ》がくずれたんだ。ひとりでぬけだそうとしていたんだけど、どうにも動《うご》けなくて。」

話《はな》しているあいだも、カヴは、ほこりだらけの顔《かお》を真《ま》っ赤《か》にして、なんとかぬけだそうとしています。けれど、ぬけられるようすもありません。

「もうだいじょうぶよ、カヴ。わたしたちが、なんとかするわ！」

ジャスミンとババクはうなずきあって、さっそくカヴのまわりのがれきをどかしはじめました。

ラジャーも前足《まえあし》でカヴのまわりの土《つち》をほって、ふたりの手伝《てつだ》いをしてくれます。

そうして、いっしょうけんめい作業《さぎょう》をつづけるうち、カヴの体《からだ》がだいぶ見《み》えてきました。

「あとすこしだ……あっ！」

カヴが急《きゅう》にさけんで、目《め》を見《み》ひらきました。

「どうしたの、カヴ……きゃっ！」

カヴの目線《めせん》の先《さき》をふりかえったジャスミンも、思《おも》わず声《こえ》をあげました。

その先《さき》にいたのは、大《おお》きな、茶色《ちゃいろ》いヘビです！

「動《うご》いちゃだめです！」

ババクが、ささやき声《ごえ》で、するどくさけびました。

「でも、あいつ、近《ちか》づいてきてるよ！」

まだ足《あし》ががれきにうまったままのカヴが、泣《な》きそうな声《こえ》をあげました。

「しずかに！　ヘビは、さわぐと、おそってきます。」

ババクのことばに、ジャスミンも、レイラ先生《せんせい》のじゅぎょうで読《よ》んだ本《ほん》を思《おも》い出《だ》しました。

「そうよ、カヴ。ヘビは、本当《ほんとう》は人間《にんげん》のそばには行《い》きたくないんですって。こちらからなにもしなければ、こうげきしてくることはないって、本《ほん》で読《よ》んだわ。」

カヴが、動《うご》きを止《と》めました。ジャスミンのいったことばが、耳《みみ》にとどいたようです。

カヴは、ひっしに口《くち》をとじました。でも、体《からだ》はガタガタふるえています。

「おちついて、カヴ。だまっていれば、あんぜんよ。」

ヘビが、舌《した》をチロチロと出《だ》しながら、カヴのほうにゆっくりと近《ちか》づいてきました。

カウはおそろしさのあまり、ハァハァと、すっかり息《いき》があがっています。

「おちついて。ゆっくり息《いき》をすって。ゆっくりはいて。いーち、にーい、さーん……。」

ジャスミンが数《かぞ》えるのに合《あ》わせて、カウのこきゅうがしずかになります。

すると、ヘビが、ふいと方向《ほうこう》をかえました。

そのまま、カウの目《め》の前《まえ》を通《とお》りすぎていきます。

ジャスミンとババクが息《いき》をつめて見守《みまも》るなか、ヘビは小《ちい》さなあなから、外《そと》へ出《で》ていきました。

三人《にん》は、大《おお》きくため息《いき》をつきました。

助《たす》かったのです！

ヘビがもどってこないうちに、ジャスミンとババクは大《おお》いそぎで、がれきをどかす作《さ》業《ぎょう》をつづけます。

そしてとうとう、カヴはがれきの山《やま》からぬけだすことができました。

「やったあ、出《で》られた！　……いてっ。」

大《おお》よろこびで立《た》ち上《あ》がったとたん、カヴが顔《かお》をしかめました。どうやら、足首《あしくび》をいためたようです。

「岩《いわ》がくずれたときに、ひねったんだ。ちくしょう！」

カヴがいまいましそうに、足首《あしくび》を見《み》ます。

「カヴ、手伝《てつだ》うわ。」

ジャスミンが、カヴのかたわらに立《た》ちました。

「あの……よければ、ぼくのかたも使《つか》ってください。」

ババクもそういって、もうかたほうのがわに立《た》ちます。

カヴはおしだまって、ジャスミンとババクを、こうごに見《み》つめました。

それから、ごく小《ちい》さな声《こえ》でいいました。

「ありがとう。」

カヴは、じぶんのうでを、ジャスミンとババクのかたにまわします。

「宮殿《きゅうでん》にいちばん近《ちか》い出口《でぐち》まで、あんないします。」

ババクが、もうかたほうの手《て》でランタンをかかげて、地下通路《ちかつうろ》をてらしました。

ジャスミンとババクは、カヴに合《あ》わせて、ゆっくり歩《ある》きます。

やがて、出口《でぐち》につきました。

出口《でぐち》は岩《いわ》の上《うえ》にあったので、ジャスミンはババクといっしょに、カヴをささえながら、岩《いわ》をのぼります。

ようやく、三人《にん》は、外《そと》の世界《せかい》にもどりました。

お日《ひ》さまは、いままさにしずみはじめるところです。

空《そら》は、きれいな夕《ゆう》やけ色《いろ》にそまっています。

宮殿《きゅうでん》の中庭《なかにわ》は、こがね色《いろ》の夕日《ゆうひ》の光《ひかり》をうけて、きょうさいごのかがやきを放《はな》っています。

三人《にん》は、だれもひとこともいわずに、かたを組《く》んだまま、美《うつく》しいけしきをながめていました。

さいしょに口《くち》をひらいたのは、カウです。

「ジャスミン、ババク、あの……ありがとう。」

ふたりは、カウのほうをふりむきました。

「きみたちが来《き》てくれなかったら、ぼくはいまごろどうなっていたかわからない。

それに……ぼくはひどいたいどをとった。ぼくは、よくなかったと思《おも》う。あやまるよ。ごめん。」

ジャスミンは、ババクに目《め》をやりました。ババクは、やさしくほほえんでいます。

ジャスミンは、カヴに目《め》をもどしました。

「いいのよ、カヴ。そういってくれて、うれしいわ。」

ジャスミンがそう答《こた》えると、カヴはふうっと息《いき》をはきました。それから、とつぜん声《こえ》をあげました。

「ああ、すっかりどろまみれだ！」

いうなり、かた足《あし》で立《た》ったまま、服《ふく》のどろをはたいて落《お》とそうとします。

すると、ポケットから、先《さき》ほどのがれきのなごりで、小石《こいし》がざらざら出《で》てきました。

「あっ、たからものがない！」

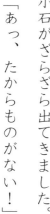

カヴがしゃがんで、小石《こいし》の山《やま》をさぐりはじめます。

さっき地下通路《ちかつうろ》で見《み》つけた、大《おお》むかしの動物《どうぶつ》の歯《は》のようなものが、どこにも見《み》あたらないようです。

「きっと、がれきにうまったときに、なくしたんだ……。」

カヴが、がっくりとかたを落《お》としました。

「ねえ、ここに新《あたら》しいたからものがあるわ。」

ジャスミンもしゃがむと、小石《こいし》の山《やま》から、小石《こいし》を三つひろいあげました。

「はい、カヴと、ババクと、それにわたしも、ひとつずつ。きょうのすごいぼうけんの、大切《たいせつ》なあかしよ。」

ジャスミンが、ふたりの手《て》のひらに小石《こいし》をひとつずつのせます。

ババクはそれを見《み》て、うれしそうにわらいました。

カヴも、ほこりまみれの小石《こいし》をしげしげとながめていましたが、やがてぎゅうっとにぎりしめて、むねにあてました。

「アグラバー王国《おうこく》のプリンセスからたまわった、ほうせきってわけだな。ほうせきにしては、ちっともキラキラしてないけど。」

「でも、とってもきれいで、それに、とってもしんぴてきでしょう？」

三人《にん》はそれぞれに、じぶんの石《いし》を見《み》つめて、ポケットのなかに、大切《たいせつ》にしまいました。

「さあ、宮殿《きゅうでん》へ帰《かえ》りましょう。」

かたを組《く》んだ三人《にん》が、宮殿《きゅうでん》の大《おお》とびらの前《まえ》にすがたをあらわしたとたん、サルタンとガジーさまが表《おもて》にとびだしてきました。

「おお、よかった、ジャスミンや！　ずいぶんと心配《しんぱい》したんじゃよ！」

サルタンがかいだんをころがるようにおりてきて、

ジャスミンをぎゅうぎゅうだきしめました。

ガジーさまも、おりてきて、カウを見《み》おろします。

「もうすこしで、おまえたちをさがすために、人《ひと》を出《だ》すところだった。」

「そうじゃ、そうじゃ。とても心配《しんぱい》したんじゃよ。」

サルタンとガジーさまは、ひとしきりよろこんだあと、カウのけがに気《き》づいたようです。

「カウ、そのけがはどうしたんだね？」

ガジーさまにきかれて、カウはジャスミンとババクに、ちらりと目《め》をやりました。

「その……みんなで遊《あそ》んでいて、足《あし》をひねったんだ。ジャスミンとババクが、ぼくを助《たす》けてくれた。」

ガジーさまは、じぶんのむすこを見《み》つめて、それから
ジャスミンとババクにむきなおり、ほほえみます。

「ふたりとも、むすこを助《たす》けてくれて、ありがとう。」

するとサルタンが、ババクに目《め》をとめました。

「ババクだって？　もしかしてそなたは、アルマンドの
まごではないか？」

「はい、そうです。」

ババクが、あわてて頭《あたま》をさげます。

「ババクよ。わがひめと、大切《たいせつ》な客人《きゃくじん》を助《たす》けたこと、心《こころ》よりかんしゃするぞ。」

ババクはサルタンにお礼《れい》までいわれたので、ほおを真《ま》っ赤《か》にして、深《ふか》く深《ふか》く頭《あたま》をさげました。

夕日《ゆうひ》も、すっかり落《お》ちました。ババクとは、ここでおわかれです。

「またね、ババク。」

ババクが頭《あたま》をさげます。ジャスミンは、小《ちい》さく手《て》をふりました。

サルタンが、ジャスミンとカヴのかたに手《て》をおいて、

ふたりの顔《かお》をのぞきこみます。
「さて、宮殿《きゅうでん》へもどろう。カヴは、まずその足《あし》を医者《いしゃ》にみせねばな。
それから、きょう、きみたちになにがあったのか、ぜひとも教《おし》えてもらいたいんじゃ。
わしが思《おも》うに、きみたちには、話《はな》したいことがたくさんあるんじゃないかな？」

treasure《トレジャー》

　地下通路《ちかつうろ》でのすごいぼうけんのはてに、ジャスミンと、カヴ、ババクは、たからもの（treasure《トレジャー》）を手《て》にいれました。たからものは、くろうをして手《て》にいれるもの。そして、そのぶん、大切《たいせつ》な思《おも》い出《で》がつまっているもの。

　ジャスミンたちが手《て》にいれたたからものは、ただの小石《こいし》ですが、３人《にん》にとってそれがただの小石《こいし》でないことは、あなたにもわかりますよね。

11 本当《ほんとう》のたからもの

宮殿《きゅうでん》にもどると、サルタンはすぐにお医者《いしゃ》さまをよびました。

カヴの足《あし》をしらべたお医者《いしゃ》さまは、「これは、ねんざです。」といいました。

「きちんと手当《てあ》てをすれば、じきになおりますよ。」

それをきいて、カヴもガジーさまも、ようやく安心《あんしん》した顔《かお》になりました。

夕食《ゆうしょく》のあいだじゅう、ジャスミンとカヴは、きょうあったことをぜんぶ正直《しょうじき》に話《はな》しました。

話《はな》したいことは、たくさんありました。

なんといっても、きょうは、ものすごいぼうけんをしたのです！

「なんとまあ、よくぶじに帰《かえ》ってきたものじゃ。」

サルタンは、ふたりの話《はなし》をぜんぶききおわって、ほうっとむねをなでおろしました。

ガジーさまは、いかにもゆかいそうに、ジャスミンにほほえみかけます。

「なるほど、たしかにひめは、お父上《ちちうえ》ににて、ぼうけん好《ず》きであられる。」

つぎの日《ひ》は、もうガジーさまとカヴが、じぶんの国《くに》へ帰《かえ》る日《ひ》です。

朝食《ちょうしょく》をいっしょにとったら、またたくまにおわかれの時間《じかん》となりました。

出発《しゅっぱつ》を待《ま》つ馬車《ばしゃ》の前《まえ》で、カヴは立《た》ちどまって、ジャスミンのほうをふりかえりました。

ひすいのような緑色《みどりいろ》のひとみで、ジャスミンをじっと見《み》つめて、なにかいいたそうにしています。

「元気《げんき》でね、カヴ。」

ジャスミンから、話《はな》しかけました。

カヴは、おわかれになんといったらいいのか、まだことばが出《で》てこないようです。

ようやっと、しぼりだすように、口《くち》をひらきました。

「ジャスミン、ええと……ありがとう。」

それだけいうと、なにかをジャスミンの手《て》におしつけます。

見《み》ると、大《おお》きめのふくろです。なかをのぞいて、ジャスミンは思《おも》わず声《こえ》をあげました。

「カヴ、これ……。」

入《はい》っていたのは、カヴのもってきたチェスの道具《どうぐ》でした。チェスの板《いた》と、それに小《ちい》さなふくろからは、カヴがだいじにしていたこまがのぞいています。

「きみにもっていてほしいんだ。きみは、ぼくを助《たす》けてくれたし、それに……いっしょに遊《あそ》んでくれたから。

ぼくは、じぶんでもわかってるんだ。いっしょにいて、あんまり楽《たの》しいやつじゃないって。」

ジャスミンは、びっくりして、カヴを見《み》つめました。

カヴは目《め》をふせて、じぶんの足《あし》もとを見《み》ています。

「チェスの道具《どうぐ》をありがとう、カヴ。大切《たいせつ》にする。」

ジャスミンが心《こころ》からそういうと、カヴはようやく顔《かお》を
上《あ》げました。

「ジャスミン、いつかまた、チェスで勝負《しょうぶ》しようぜ。」

「ええ。練習《れんしゅう》しておくわ。」

カヴは馬車《ばしゃ》にのりこむと、かた手《て》をあげました。

その手《て》には、あの石《いし》がにぎられています。

「これ、たからものにする！」

そうさけんで、手《て》をふっています。

ジャスミンも、手《て》をふりかえしました。

金色《きんいろ》にかがやく馬車《ばしゃ》のとびらがとじられて、四頭《とう》の馬《うま》がゆっくりと走《はし》りだしました。

宮殿《きゅうでん》の門《もん》をぬけて、やがておかのむこうに見《み》えなくなるまで、ジャスミンはサルタンによりそって、だまって見送《みおく》っていました。

「そうだわ、お父《とう》さま。ガジーさまとのチェスの勝負《しょうぶ》は、どうなったの？」

ジャスミンの問《と》いかけに、サルタンは待《ま》ってましたといわんばかりにむねをはりました。

「むろん、勝《か》ったとも。ガジーとはかけをして、賞品《しょうひん》も手《て》にいれたぞ。」

ジャスミンが、目《め》をかがやかせます。

「すごいわ、お父《とう》さま！　なにをもらったの？」

「よしよし、いっしょにわしの部屋《へや》へ行《い》こう。」

サルタンはうきうきと、ジャスミンを王《おう》さま専用《せんよう》の仕《し》事部屋《ごとべや》へあんないします。

（賞品《しょうひん》は、なにかしら？　金《きん》？　ほうせき？　それともかんむり？）

ジャスミンがわくわくとそうぞうしていると、サルタンが大《おお》きなつくえの引《ひ》き出《だ》しから、小《ちい》さな、古《ふる》ぼけたはこをとりだしました。

長《なが》いあいだ、だれにもあけられずに、ねむっていたような、古《ふる》さです。

(前《まえ》にお父《とう》さまが話《はな》してくれた、子《こ》どものころにガジーさまと石《いし》のとうで見《み》つけた、あのはこみたい……。)

「お父《とう》さま、これ、もしかして……。」

サルタンが、ジャスミンに、にやりとわらいます。

「あけてごらん。」

ジャスミンは、ゆっくりふたをひらきました。

なかに入《はい》っていたのは、大《おお》きなメダルでした!

「そう、むかしガジーと見《み》つけた、メダルじゃよ。これが、ガジーとの勝負《しょうぶ》の、賞品《しょうひん》ってわけじゃ。」

サルタンが、ほこらしげにむねをはりました。

「すごいわ、お父《とう》さま！」

メダルのまんなかにはあながあいていて、そのまわりに、きれいなもようがほられています。

緑色《みどりいろ》、灰色《はいいろ》、赤銅色《しゃくどういろ》にいろどられ、見《み》るからにしんぴてきななぞをひめているようです。

ジャスミンは、メダルを、表《おもて》もうらもじっくり目《め》にやきつけて、そうっとはこへもどしました。

「そうだわ。わたしも、お父《とう》さまに、見《み》せたいものがあるの。」

ジャスミンはポケットから、小石《こいし》を出《だ》しました。

カヴやババクとわけあった、あの小石《こいし》です。

「これは、ただの石《いし》に見《み》えるが……。」

ジャスミンからわたされた小石《こいし》を、サルタンはしげしげとながめます。

「でもこれは、おまえにとって大切《たいせつ》な石《いし》なんじゃろう？

今回《こんかい》のぼうけんで、手《て》にいれたんじゃな？」

ジャスミンがいきおいよくうなずくと、サルタンがジャスミンをぎゅうっとだきよせました。
「なんと美《うつく》しい石《いし》じゃろう！
わしの、ゆうかんで強《つよ》く、心《こころ》やさしいジャスミンや、
わしはおまえを、ほこりに思《おも》うぞ！
おまえはカヴのことも、進《すす》んで助《たす》けた。ちゃんと、い
い友《とも》だちどうしになったではないか？」
ジャスミンは、わかれぎわに、小石《こいし》をもって手《て》をふっ
ていたカヴを思《おも》い出《だ》しました。
カヴと友《とも》だちになるにはどうしたらいいのか、ずっと
なやんでいたけれど、気《き》づいたら、ふたりは友《とも》だちに

なっていました。

それに、カヴだけではありません。

「お父《とう》さま、カヴだけじゃないわ。わたし、ババクとも

お友《とも》だちになったのよ。」

「ババクは、しっかりした少年《しょうねん》のようじゃな。アルマン

ドがいつもじまんしておるよ。」

サルタンがむすめの手《て》に、小石《こいし》をもどしました。

ジャスミンはそれを、ぎゅっとにぎりしめます。

(きょうのこと、ぜったいにわすれないわ！

それに、新《あたら》しくできたお友《とも》だちのことも！)

この小石《こいし》は、サルタンのメダルとおなじくらい、いまやジャスミンにとっては、大切《たいせつ》なたからものです。

ジャスミンはたからものを手《て》にいれましたが、どうしてももうひとつ、かなえたいことがありました。

ジャスミンは、サルタンにまっすぐむきあいます。

「お父《とう》さま。カヴはじぶんの国《くに》に帰《かえ》ってしまったでしょう？　わたし、また遊《あそ》びあいてがいなくなったの。」

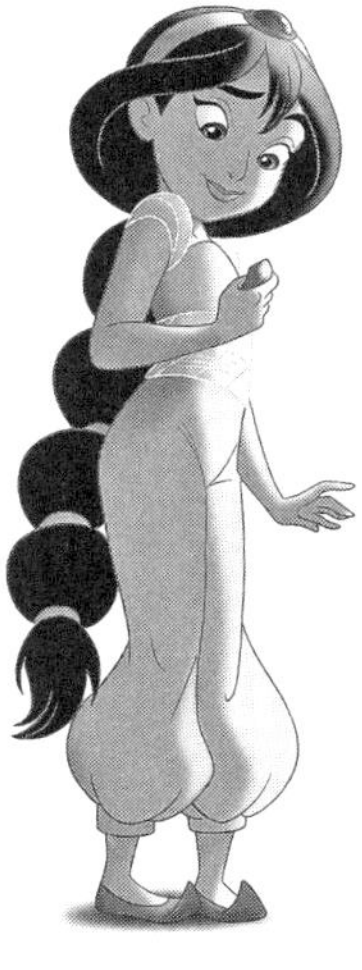

「そうじゃな……。」

サルタンが、あごひげをさすって、つぶやきました。

「でも、ババクがいるわ。ババクは宮殿《きゅうでん》にいるし、わたしたち、ここでいっしょに遊《あそ》べると思《おも》うの。」

サルタンは、なおも、あごひげをさすっています。

「じゃがな、ジャスミン。決《き》まりは決《き》まりじゃ。ババクは、たしかにいい子《こ》じゃが、王族《おうぞく》の血《ち》すじではない。」

そういって、サルタンはじぶんの部屋《へや》に引《ひ》きあげようとします。

でも、ジャスミンは、あきらめません。
（どんな決《き》まりだって、いつもぜったいに正《ただ》しいってことはないわ。
そんな決《き》まり、わたしがかえてみせる！）
ジャスミンは、サルタンの前《まえ》に立《た》ちはだかります。
「お父《とう》さまは、いつもいっているでしょう？　どんな人《ひと》にも親切《しんせつ》にしなさいって。
王族《おうぞく》の子《こ》どもかどうかってことが、そんなに重要《じゅうよう》なことなの？
さっきお父《とう》さまは、ただの石《いし》を『美《うつく》しい。』っていったわ。石《いし》がどんな石《いし》かなんて、関係《かんけい》ないでしょう？」

ジャスミンは、ここまでひと息《いき》にいって、それからもういちど息《いき》をすいました。

「正《ただ》しくない決《き》まりは、かえるべきだと思《おも》うの。」

サルタンが、ジャスミンをじっと見《み》おろします。

サルタンはむずかしい顔《かお》つきをしていましたが、その目《め》に、やさしい色《いろ》が映《うつ》っているのを、ジャスミンは見《み》のがしませんでした。

そこで、ジャスミンはこしに手《て》をあてて、サルタンをいたずらっぽく見《み》あげました。

「チェスの勝負《しょうぶ》で、もしわたしが勝《か》ったら。で、どう？」

サルタンは、思《おも》わずふきだします。

「わかった、わかった。おまえがそこまでいうのなら、ババクと遊《あそ》べるようにしてやろう。ただし、宮殿《きゅうでん》のへいのなかで、むちゃをせずに遊《あそ》ぶんじゃよ、わしの小《ちい》さなプリンセスや。」

「ありがとう、お父《とう》さま！」

ジャスミンはとびあがって、サルタンにだきつきました。

いまはまだ宮殿《きゅうでん》のなかだけでも、ジャスミンにとっては、大《おお》きな一歩《いっぽ》です。

（宮殿《きゅうでん》のしき地《ち》のなかでだって、思《おも》いもかけないぼうけんができたもの。）

これからはきっと、もっとすてきな、新《あたら》しい世界《せかい》が、広《ひろ》がっていくのです。

ジャスミンはその夜《よる》、まどの外《そと》に広《ひろ》がる星空《ほしぞら》を、いつまでもながめていました。

（終《お》わり）

講談社KK文庫　A22-17

ディズニープリンセスビギナーズ

ジャスミンの新《あたら》しいお友《とも》だち

2018年4月23日　第1刷発行

文／スザンヌ・フランシス　Suzanne Francis
訳／俵《たわら》 ゆり
デザイン／仙次織絵（primary inc.,）
編集協力／大村由起子

発行者／渡瀬昌彦
発行所／株式会社講談社
〒112-8001　東京都文京区音羽2-12-21
編集☎03-5395-3142
販売☎03-5395-3625
業務☎03-5395-3615

本文データ制作／講談社デジタル製作
印刷所／凸版印刷株式会社
製本所／株式会社国宝社

ISBN978-4-06-199665-6
N.D.C.933 191p 18cm Printed in Japan